EPITRES

EN VERS

A

L'AUTEUR DU POËME

SUR

LA GRACE.

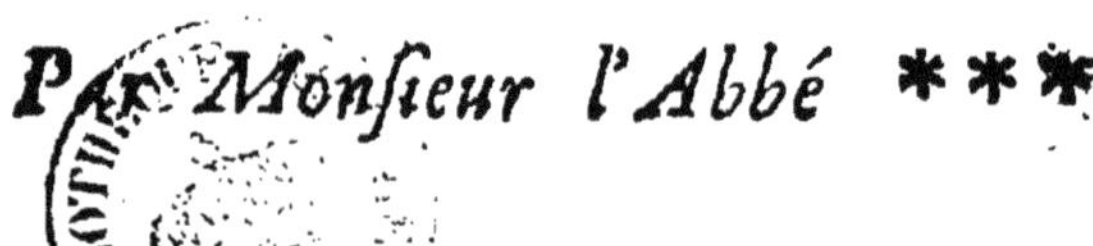

Par Monsieur l'Abbé ✱✱✱

A PARIS,

Chez { la Veuve GARNIER, ruë Galande, près la Place Maubert.
JACQUES CHARDON, ruë du Petit Pont, proche le petit Châtelet, à la Croix d'Or.

M. DCCXXIV.

Avec Approbation & Privilege du Roy.

PRÉFACE.

E ne m'éleve point ici contre le Poëme de la Grace, par une jalousie de Poëte. Comme je n'afpirai jamais à cette qualité, je n'en prendrai point le caractere. Ainfi bien loin de chercher à diminuer le merite de ce Poëme dans ce qui peut concerner la Poëfie, je declare au contraire avec plaifir, que j'en ai admiré la beauté. Les Vers m'en ont parû coulans, les rimes riches, les cadences belles, les expreffions nobles. Quand il y auroit quelques défauts, je les excuferois volontiers. Ce feroit beaucoup, à mon gré, que d'avoir fçû faire, fur une matiere auffi féche & auffi abftraite, un Poëme qui pût se faire lire. D'ailleurs un Ouvrage de fi longue haleine meriteroit quelque indulgence.

Tout l'objet que je me propofe, c'eft de montrer la dureté infoutenable du Syftême

Voyez
M. R***
dans sa
Préface
p. 5.

que nous donne M. R*** Il est vrai qu'il n'en est pas l'Auteur. Mais pourquoi, voulant nous *expliquer sur la Grace ce que tout le monde peut entendre, & ce que tout le monde doit sçavoir*, a-t-il embrassé une opinion que personne n'entend, & que personne ne doit sçavoir ?

D'exposer, comme il le fait, que Dieu, après le peché d'Origine, voulant faire éclater d'une part sa Misericorde, & de l'autre sa Justice, separa la masse commune des hommes en deux parties ; qu'il pardonna aux uns, & qu'il en fit ses Elûs ; qu'il condamna les autres, & qu'il en fit les Réprouvez : Qu'il destina aux premiers toutes les graces necessaires pour opérer leur salut, & qu'il resolut de refuser aux autres ces mêmes graces, sans lesquelles ils ne pouvoient se sauver : Est-ce là un sentiment qui puisse s'entendre ? Quoi de plus injurieux à Dieu ? Quoi de plus préjudiciable aux bonnes mœurs ?

Si Dieu est Tout-puissant, n'est-il pas en même tems souverainement bon, & souverainement juste ? sa Misericorde & sa Justice ne lui sont-elles pas aussi essentielles que sa Toute-puissance ? Il se démentiroit lui-même ; il se contrediroit lui-même ; (a) il ces-

______
(a) *Deus negare seipsum non potest.* 2. Tim. 2. 13.

feroit mêmes, ſi je l'oſe dire, d'être ce qu'il eſt, ſi ſa Sageſſe ne ſçavoit concilier tous ſes Attributs, & les tenir dans une parfaite harmonie.

Or il eſt certain que ſi le Syſtême que nous donne M. R *** étoit vrai, il n'y auroit en Dieu ni bonté, ni juſtice. Il n'y auroit point de bonté, puiſque ceux qu'il auroit réprouvez, ſeroient privez des ſecours néceſſaires pour ſe ſauver. Il n'y auroit point de juſtice, puiſqu'il puniroit des hommes à qui il auroit été impoſſible de ſe ſauver.

De-là quel trouble dans les conſciences ! quel affreux deſeſpoir ! & quels déſordres ! Ceux qui ſe verroient dans le chemin de la Vertu, vivant dans une fauſſe ſécurité, pourroient tomber inſenſiblement dans les plus grands relâchemens, comptant que s'ils étoient prédeſtinez, ils ne pourroient jamais manquer d'arriver à la Gloire. Et ceux qui ſe ſentiroient de la pente au Libertinage, ſeroient tentez de croire que Dieu les auroit mis au nombre de ceux qu'il auroit eu deſſein de perdre; & qu'ainſi tous les efforts qu'ils pourroient faire pour éviter ce malheur, ſeroient inutiles. Delà donc encore une fois; quels déſordres, & quels crimes !

Mais si l'on ne peut pas entendre ce systême, on doit beaucoup moins encore le
sçavoir. Car à quelle fin sçavoir un systême qu'on ne doit pas suivre ? Et comment le suivre, dès qu'il est contraire au
sentiment de l'Eglise ? Fidelle interpréte de
l'Esprit Saint, elle nous déclare positive-
ment que Dieu ne commande point à
l'Homme des choses impossibles. Elle prétend donc par une conséquence évidente,
que Dieu nous donne tous les secours né-
cessaires pour observer ses Commande-
mens. Mais comme il y a des hommes pré-
varicateurs, qui se rendent infidelles à la
Loi, c'est une autre conséquence que tous
les secours que Dieu nous donne, ne sont
pas toujours efficaces.

Ainsi il faut distinguer deux sortes de
Graces ; les unes efficaces, ausquelles on ne
résiste jamais, quoi qu'on y puisse résister ;
les autres suffisantes, ausquelles on résiste
quelquefois : C'est-à-dire, ,, qu'il y a des
,, Graces interieures, qui sont des moyens
,, sûrs entre les mains de Dieu pour nous
,, faire faire le bien, & pour éxécuter in-
,, failliblement ses volontez par rapport à
,, nôtre sanctification & à nôtre salut ; &
,, qu'il y en a avec lesquelles on ne fait pas
,, tout ce dont elles donnent le vrai pouvoir ;

Voyez les Explications sur la Bulle. Unigenitus, p. 14. & 30.

Voyez la Delibera-

& qui n'ont pas tout l'effet pour lequel
elles nous font données.

Pourquoi donc M. R * * * en prétendant
nous donner de juftes idées de la Grace,
ne nous propofe-t-il que la Grace éfficace ?
Qu'on le fuive par tout, on n'en verra
point d'autre dans tout fon Poëme ; c'eft ce
qui a été démontré dans un Ecrit qui parut
l'année paffée, imprimé à Bruxelles.

Voici donc mon deffein. Je declare d'a-
bord que je ne prétens point attaquer ni
la Prédeftination gratuite, ni la Grace efficace par elle-même. Il eft de fçavantes
Ecoles qui les foûtiennent ; & qui fçavent
concilier l'une avec les idées de la Juftice &
de la Bonté de Dieu ; & l'autre avec la Liberté. L'Eglife ne les defaprouve point.
Je dois donc refpecter leur fentiment.

Mais fur quoi il m'eft permis de m'élever,
c'eft, 1°. fur ce que M. R * * * en éta-
bliffant la Prédeftination gratuite, pofe des
principes, dont par une conféquence né-
ceffaire on voit réfulter la réprobation po-
fitive. 2°. Sur ce qu'il n'admet point de
Graces fuffifantes.

Quoique les trois Epîtres que je hazarde
ici, fapent les fondemens fur lefquels il
établit le malheureux fort des Réprouvez,
je me fuis cependant plus particulierement

« tion de
« l'Affem-
« blée 1713.
p. 38.

Examen
du Poëme
fur la
Grace.

attaché à la seconde partie, parce qu'en faisant tomber l'une, on fait nécessairement tomber l'autre.

Qu'on ne s'attende pas à voir une Critique du Poëme, chant par chant. Le premier ne souffre nulle difficulté : c'est l'état d'innocence ; la chûte de l'Homme ; la nécessité du Redempteur. Tous ces points, M. R*** les a traitez avec toute la dignité & toute la justesse convenable, à quelques propositions près, que l'Auteur de l'Examen du Poëme a relevées. Le troisiéme chant n'est proprement qu'une extension du second, & n'y ajoûte presque rien. Le quatriéme contient ses principes sur la Prédestination. C'est le second qui renferme précisément l'idée qu'il veut nous donner de la Grace. C'est-là où l'on trouve ses véritables principes. Et c'est particulierement celui-là qui fait l'objet de mes Epîtres. Je n'ai pas cependant laissé de ramasser dans les autres, ce qui pouvoit avoir rapport à celui-ci.

Dans ma premiere Epître je fais voir les inconvéniens du Systême de M. R*** qui n'admet que des Graces efficaces, & qui n'en connoît point de suffisantes. Dans la seconde je prouve la necessité de les admettre, ces Graces suffisantes données à

tous les hommes. Enfin dans la troifiéme je
découvre l'économie de Dieu dans la dif-
tribution de fes Graces. On verra ces trois
Epîtres fortir, pour ainfi dire, les unes des
autres, par la liaifon qu'elles ont enfemble.
Je ne crois pas qu'on puiffe me reprocher
de ne m'être pas propofé toutes les objections que l'on me pouvoit faire fur cette
derniere Epître. Je les ai certainement pouf-
fées tout au plus loin.

Au refte fi j'ai écrit en Vers, ce n'eft pas
que j'aie cherché à m'ériger en bel efprit.
C'eft une vanité dont un homme de mon
âge & de mon caractere ne doit pas être
fufceptible. Perfuadé feulement, comme
M. R*** des effets de la Poëfie, qui rend
fenfibles au commun des hommes les veritez les plus abftraites, & qui les imprime
plus fortement dans l'efprit par la cadence
& par la mefure des Vers, j'ai crû que je
devois effaier de faire pour la Vérité, ce
qu'il avoit fait pour un fentiment que j'at-
taquois.

J'ai choifi le genre Epiftolaire, parce qu'é-
tant le ftile le plus fimple de la Poëfie, comme le dit Horace, *Sermoni propiora* ; il étoit
le plus propre à la Controverfe dans laquel-
le je m'engageois. Je me fuis attaché particulierement à rendre mes idées claires. J'ai

ſerré més preuves le plus qu'il m'a été poſ-
ſible. Et comme la Vérité n'a pas beſoin
d'ornemens, j'ai voulu qu'elle n'emprun-
tât de la Poëſie, que ceux dont elle ne pouvoit pas abſolument ſe paſſer.

Enfin pour ne rien omettre du compte
que je dois au public, j'ajoûterai que j'ai
mis au bas de chaque page tous les textes
de l'Ecriture, que j'ai employez dans mes
Vers. A l'égard des Peres, j'aurois trop
groſſi l'édition de ces Epîtres, ſi j'avois
voulu rapporter tous les Paſſages qui pouvoient ſervir à appuier mon ſentiment.
Mais on doit faire attention que ce ne ſont
point ici des cahiers de Theologie. D'ailleurs tous les Theologiens ſçavent ces Paſſages : Ceux qui ne le ſont pas, n'en ont
que faire.

Il faut prendre la peine de lire toutes les
Notes placées au bas des pages, ſi l'on veut
entendre bien mes Vers ; parce qu'il y en
a qui ne contiennent que la doctrine même de M. R * * *, que l'on prendroit
peut-être pour la mienne.

I. EPITRE.

I. EPITRE.

E voilà donc, R *** Apôtre de la Grace.
Et d'un ton de Docteur la prêchant efficace,
Tu prétens rejetter tout secours suffisant :
Secours, d'un Dieu toujours & sage & bienfaisant.
5   C'est ainsi qu'adoptant *le rigide Système* *,
Tu t'arroges le droit de crier anatême
Contre ceux qui de Dieu publiant les bontez ;
Le peignent agissant toujours à nos côtez ;
Sans cesse en nos esprits répandant sa lumiere ;
10 Pour guider sûrement nos pas dans la carriere ;
Sans cesse dans nos cœurs excitant son amour,
Pour nous conduire enfin au celeste séjour.

Le peignoit-il ainsi, ce fameux Hérétique ;
Ce monstre que vomit l'Ocean Britannique ?

NOTES.

Vers 5.* Le Système de Jan-
senius.
Vers 8. *Expandi manus*

meas totâ die ad populum
non credentem. Isai. 5.
Vers 13. M. R *** met au

A

15 Efprit vain, plein d'orgueil, préfumant tout de lui
Pelage en fa Raifon mettoit tout fon apui.

    Et de l'Homme afeçtant d'oublier la foibleffe,

    A l'Homme il acordoit la folide Sageffe ;

    Vouloit que nous pûffions vaincre feuls, fans fe-

    cours ,

20 L'invifible Ennemi qui nous preffa toûjours.

    Je profcris fes erreurs ; j'abhorre fon langage.

    De la Grace je fçais le puiffant avantage :

    Je fçais quelle eft fa force & fa néceffité ;

    Que fans elle on ne peut faifir la Vérité :

25 J'entens la Vérité, que l'Efprit Saint enfeigne.

N O T E S.

rang des Difciples de Pelage les Défenfeurs de la Grace fuffifante. Je lui fais voir combien il a de tort. Car il n'y en a pas un qui n'admette toutes les veritez de foi que j'expofe ici.

Vers 16. *Ad tuam fanctitatem litteram mifimus contra inimicos Gratia Chrifti, qui confidunt in virtute fuâ.* S. Aug. Epift 95. ad Innocentium Papam.

Vers 17. & fuiv. *Hominibus perfuadere non ceffant, ad operandam perficiendámque* *juftitiam, & Dei mandata complenda, folam fibi humanam fufficere poffe naturam.* Idem ad eundem Epift. 90.

Vers 19. *Victoriam noftram non ex Dei adjutorio effe, fed ex libero arbitrio, &c.* ad Epift. 108. ad Paulinum.

Vers 24. *Non fumus fufficientes cogitare aliquid boni à nobis quafi ex nobis ; fed fufficientia noftra ex Deo eft.* 2. Cor. 3.

Vers 25. *Spiritus veritatis docebit vos omnem veritatem.* Joan. 16. 13.

Je sçais encor qu'en nous, sans qu'elle nous contraigne,

Elle opere le Bien, & nous le fait vouloir :

Que c'est Dieu qui d'agir nous donne le pouvoir ;

En un mot que sans lui nous ne pouvons rien faire ;

30 Et que nous n'allons point qu'atirez par le Pere.

Pourquoi donc d'Augustin me citant les écrits,

NOTES.

Vers 26. *Sans qu'elle nous contraigne.* Je me suis servi de ce terme, parce que tous les autres que j'aurois pû emprunter de notre langue pour répondre à l'éxacte précision de la Théologie, sont hors de la portée de l'intelligence du commun des hommes. Mais ils entendent aisément par celui-ci, que la Grace ne détruit point la Liberté de l'homme ; qu'elle ne le nécessite point à faire le bien ; & qu'il conserve toujours sous l'impression de la Grace la plus forte, une liberté entiere d'agir, ou de n'agir pas. Pour les Theologiens, il faudroit qu'ils fussent bien de mauvaise humeur s'ils pensoient que j'eusse voulu déterminer le sens de cette expression à la seule exemption de contrainte. Ce que j'ai dit jusqu'ici, & toute la doctrine que j'expose dans mes Epîtres, est bien oposé à ce sens. Ce terme ne peut être mauvais que chez un Auteur qui admet des Graces nécessitantes ; comme il ne pourroit être suspect que chez un Auteur, qui n'admettroit point de Graces suffisantes.

Vers 26. & 27. *Quoties bona agimus, Deus in nobis atque nobiscum ut operemur, operatur.* Conc. Arausicanum. Can. 9.

Vers 28. *Deus est enim qui operatur in nobis velle & perficere.* Philip. 2. 12.

Vers 29. *Sine me nihil potestis facere.* Joan. 15. 5.

Vers 30. *Nemo potest venire ad me, nisi Pater qui misit me, traxerit eum.* Joan. 6. 44.

Vers 31. Voiez le Poëme de M. R*** 2. Chant, Vers 30. où il fait ce reproche à un des défenseurs de la Grace suffisante.

M'accufer d'ignorer leur mérite & leur prix ?

Quoi ! grand Dieu, pénétré de ta Mifericorde,

Si j'ofe raconter les Graces qu'elle acorde,

35 Ces fecours qu'elle donne en toute ocafion,

Je tombe dans l'erreur ! Je fuîs la fiction !

Que plûtôt de David j'imiterois l'exemple

Si je pouvois, Seigneur, dans ton augufte Temple

De tes dons étaler fans interruption

40 Et la magnificence, & la profufion.

Car enfin de penfer qu'il n'eft point d'autre Grace,

Que celle que l'on nomme Opérante, Efficace,

N'eft-ce pas d'un Dieu bon refferrer les tréfors ?

N'eft-ce pas du Pécheur juftifier les torts ?

45   Que j'exhorte un Pécheur à renoncer au vice,

Le Pe- Il faut, me dira-t-il, qu'en moi la Grace agiffe,
cheur.

Je ne puis rien fans elle ; elle feule peut tout ;

Seule pour la Vertu peut m'infpirer du goût.

En vain je prétendrois du Ciel fuivre la route :

50 Aux plaifirs affervi, le vrai Bien me dégoûte,

Or quand Dieu de fa Grace affifte le Pécheur,

A l'inftant font fixez les defirs de fon cœur,

NOTES.

Vers 37. *Mifericordias Domini in æternum cantabo.*
Pfal. 88. 2.

Sa volonté, jadis vers le crime entraînée;

Etant, par les éforts de la Grace, enchaînée,

55 Elle évite le mal ; n'aime plus que le Bien ;

Et le Monde imposteur à fes yeux n'eft plus rien.

Le Di-
recteur. Un moment, lui dirai-je ; Ecoutez, je vous prie :

Si de vous convertir vous aviez quelque envie,

Ne le pourriez vous pas? *P.* Non fans doute. *D.* Comment !

60 Vous ne le pourriez pas ! Ce difcours fe dément.

Vous connoiffez qu'il eft une Grace puiffante ;

Grace par elle-même efficace, opérante :

Que les plus grands Pécheurs n'y réfiftent jamais.

Pourquoi donc avec vous n'auriez-vous pas la paix.

65 *P.* C'eft que la Grace à tous n'eft pas toûjours
donnée ;

Et qu'à fes feuls Elûs un Dieu l'a deftinée.

D. Hé ! peut-être êtes-vous de ceux qu'il a
choifis.

Peut-être après la courfe obtiendrez-vous le prix.

Un Paul, un Auguftin, la Femme Pécherefse,

70 N'échapetent-ils pas à la main Vengerefse ?

Par la Grace touchez, par elle foûtenus,

A la fainte Sion je les vois parvenus.

P. Pourquoi me citez-vous ces illustres exem-
    ples ?

Ces Saints eurent du Ciel les faveurs les plus
    amples.

75 Or combien en est-il à qui le Tout-puissant

Fasse entendre sa voix d'un ton retentissant ?

    D. Il est vrai ; j'en conviens : Cette Grace est
        très-rare.

Mais croiez-vous que Dieu de ses Dons soit avare ?

A combien de Pécheurs donne-t-il en secret

80 Ces secours qu'il refuse aux autres à regret ?

    P. Qu'il refuse ! A mon tour ici je vous arrête.

La Grace, selon vous, n'est donc pas toûjours
        prête

A rompre nôtre chaîne ; à briser nos liens.

Pour quitter le péché, pour aimer les vrais
        biens,

85 Son secours cependant est à tous nécessaire.

Et si-tôt qu'elle agit, à l'instant elle opere.

En moi je ne sens point sa douce impression.

Donc en vain j'agirois pour ma Conversion.

    D. Il faut vous adresser au Pere des lumieres.

90 Il se laisse fléchir à nos humbles prieres.

Frapez, nous a-t-il dit ; & je vous ouvrirai.

Demandez ; auffi-tôt je vous acorderai.

    P. Mais la Priere même eft le fruit de la Grace,

Et fi je n'ai d'enhaut un fecours efficace,

95 Telle que la fumée abandonnée au vent,

Ma priere s'exhale, & périt à l'inftant.

Ainfi tous mes éforts devenant inutiles ;

Et ne pouvant former que des defirs ftériles,

Je dois attendre en paix le moment fortuné,

100 Qu'à ma Converfion le Ciel a deftiné.

Mais avant qu'à mes maux je trouve du remede,

A mon penchant fatal il faut bien que je cede ;

Et qu'efclave impuiffant je demeure ataché

Aux objets féducteurs dont mon cœur eft touché.

105   R*** tel eft donc l'écueil inévitable

Du fentiment outré que tu crois foûtenable.

Un Pécheur indolent aux funeftes apas

Des folles paffions ne réfiftera pas;

Et penfant que, fi Dieu ne l'arrache avec force

110 A l'objet criminel qui lui fervit d'amorce,

N O T E S.

f Vers 91 & 92. *Petite, & dabitur vobis.... Pulfate,*
& aperietur vobis. Matth. 7. 7.

Il est contraint d'errer au gré de ses desirs :

Il s'abandonnera tout entier aux plaisirs ;

Ne voudra rien tenter pour sortir de l'abîme ;

Au comble enfin venu mettra crime sur crime.

115   J'aurai beau m'éforcer, pour ébranler son cœur,

De jetter en son ame une sainte fraieur

Des jugemens de Dieu, des peines éternelles !

Convaincu qu'à la Loi nous ne sommes rebelles,

Qu'en supposant en nous le pouvoir d'acomplir

120   Les penibles devoirs qu'elle enjoint de remplir,

Pourquoi, me dira-t-il, voulez-vous que je craigne

Quoi ! pour n'avoir pas fait ce que la Loi m'enseï-

gne,

Un Dieu plein d'équité contre moi s'armeroit !

A des feux éternels il me condamneroit !

125   Sans avoir nul égard à l'entiere impuissance ....

Ah ! .... périsse à jamais le jour de ma naissance.

Le comprens-tu ? R *** ici je te fais voir

Que ton opinion conduit au désespoir.

Autre écueil dangereux. Mais plus affreuse encore ;

130   L'injure que tu fais à l'Etre que j'adore.

NOTES.

Vers 126. *Pereat dies in quâ natus sum.* Job. 3.

Ouvrons

Ouvrons les Livres faints. Par tout qu'y voions-
    nous ?

Un Dieu plein de bonté, qui nous veut fauver tous :
Un Dieu, qui defcendu du centre de la Gloire,
Combat contre la mort ; remporte la Victoire.
35 Agneau tendre & foûmis, il porte nos péchez ;
    Et confent qu'à fa Croix ils foient tous atachez.
    En un mot, c'eft pour nous qu'il meurt, qu'il ref-
    fufcite.
    Et de marcher à lui je l'entens qui m'invite. . . .
    Or comment expliquer ces faintes Véritez,
40 Qu'en confeffant en Dieu l'excès de fes bontez ?
    Si pour tous il eft mort, quelle eft la conféquence ?

NOTES.

Vers 132. *Deus vult omnes homines falvos fieri.* I. Tim. 2.

Vers 133. *Mors & vita duello conflixere mirando.* Prof. Ecclefiæ quæ cantatur die Pafchæ.

Præcipitabit mortem in fempiternum .... & opprobrium populi fui auferet de univerfa terrâ. Ifai 25. 8.

Vers 135. *Ecce Agnus Dei, ecce qui tollit peccatum mundi.* Joan. 1. 29.

Vers 136. *Verè languores noftros ipfe tulit, & dolores noftros ipfe portavit.* If. 53. 6.

Peccata noftra ipfe pertulit in corpore fuo fuper lignum, ut peccatis mortui, juftitiæ vivamus. 1. Petri 2. 24.

Vers 137. *Qui traditus eft propter delicta noftra, & refurrexit propter juftificationem noftram.* Rom. 4. 25.

Vers 138. *Venite ad me omnes qui laboratis & onerati eftis, & ego reficiam vos.* Matth. 11. 28.

B

Qu'il communique à tous ses dons en abondance;

Que toûjours il est prêt d'adoucir nos travaux :

Et qu'il ne tient qu'à nous d'arriver au repos.

145   J'entens par le repos la céleste Patrie,

Séjour des Bienheureux ; prix d'une sainte Vie;

Où Dieu couronnera nôtre fidélité

Par la possession de son immensité.

Car fragiles mortels, habitans de la Terre,

150 Cette vie est pour nous une éternelle guerre.

Mais au moins dans mes maux je sçaurai me cal-

mer,

Si je reçois de Dieu le pouvoir de l'aimer.

J'admets, me diras-tu, vos principes solides,

Et les sons de ma voix ne furent point timides.

155 J'ai dit, en respectant ce Mistere profond,

Dont nul ne peut creuser l'impénétrable fond :

N O T E S.

Vers 142. *Qui proprio filio suo non pepercit, sed pro nobis omnibus tradidit illum : quomodò non etiam cùm illo omnia nobis donavit.* Rom. 8. 32.

Vers 150. *Militia est vita hominis super terram.* Job. 7. 1.

Vers 151. *Gloriamur in tri-bulationibus ; scientes quod tribulatio patientiam operatur, patientia autem probationem, &c.* Rom. 5. 3.

Vers 154. Voiez R*** chant 4. Vers 1. & 2.

Redoublons, s'il se peut, l'ardeur qui nous anime. Elevons nôtre voix sur un ton plus sublime.

J'ai dit que Jesus-Chrift eft mort pour tous les
   hommes ;
Qu'il a verfé fon fang pour tous tant que nous
   fommes.
Tu l'as dit ; il eft vrai. De ton Opinion
160 Toi-même voi pourtant la contradiction.
La Grace, felon toi, fut toûjours efficace.
Nulle autre n'eft donnée à l'Homme en fa difgrace.
Et ce fecours, à tous Dieu ne l'acorde pas.
Or dès-là de faint Paul la doctrine eft à bas.
65 Dès-là de Jefus-Chrift cette mort précieufe
Aux feuls Prédeftinez devient avantageufe.
Eux feuls dès cette vie ont part à fes faveurs.
Le refte des Mortels n'éprouve que rigueurs.
La Loi n'eft plus pour eux qu'un joug infuportable.
70 Tout ce qu'elle prefcrit, leur eft impraticable.
Afreufe conféquence ! Ah ! grand Dieu, j'en
   frémis.
Jamais de nôtre Foi les cruels ennemis,

N O T E S.

Vers 157. Voiez R*** chant 4. Vers 165. & 166.

Vers 172. Luther & Calvin réduifoient l'homme à la malheureufe néceffité de fe perdre, faute d'une Grace qui foûtînt fa foibleffe, & qui lui rendît poffible l'obfervation des Commandemens.

B ij

Pousserent-ils plus loin leur dangereux Sistême ?

Pour vouloir trop donner à ton pouvoir suprême,

175   Ils osoient racourcir ton extrême bonté.

L'Eglise condamna cette témérité.

R *** veux tu donc, à l'Eglise rebelle,

De la fougueuse Erreur rallumer la querelle,

De l'une détestant les folles visions,

180   De l'autre avec respect suî les décisions.

Ainsi d'un heureux sort tu goûteras les charmes ;

Et sur tes sentimens nous serons sans alarmes.

NOTES.

Vers 176. *Deus impossibilia non jubet, sed jubendo monet & facere quod possis, &* petere quod non possis. *Conç. Trid. sess. 6. cap. 11.*

II. EPITRE.

UE de l'Homme coupable on montre

la foiblesse ;

Que du nom de folie on traite sa sagesse :

Qu'on peigne sa misere & son penchant fatal

A s'éloigner du bien pour se livrer au mal :

5   De l'éxacte vertu qu'on le dise incapable,

Si sur lui Dieu ne jette un regard favorable :

R*** je m'écrie à l'instant ; & je dis :

Tel est l'Homme : Oui, tel est son état ; j'y souscris.

NOTES.

M. R*** dans son premier Chant, a montré que les plus grands Philosophes du Paganisme étoient tombez dans les dernieres extravagances. D'où il conclut par une premiere conséquence, que l'Homme, laissé à lui-même, n'est point capable des solides Vertus. Je reprens donc dans les premiers Vers de cette Epître, tout ce qu'il a dit à ce sujet ; & je conviens avec lui, tant du principe que de la conséquence, pourvû que par le mot de *Vertus*, il entende les Vertus surnaturelles ; parce qu'on sait que les Philosophes païens ont été capables des Vertus morales.

Par une seconde conséquence il conclut la nécessité du

Mais qu'on fasse agir Dieu d'une façon bizarre ;

10   Qu'on lui donne le cœur d'un tiran , d'un barbare ;

Avec l'Eglise alors j'ai droit de m'élever.

Et sur quels fondemens ? Je vais te le prouver.

Non , Dieu dans ses desseins n'agit point par caprice.

Sa puissance est soûmise aux Loix de sa Justice.

15   Maître absolu de tout , il veut ce qu'il lui plaît ;

Mais alors sa Sagesse en a formé l'Arrêt.

Qu'il dispense ses Dons, qu'il veille à la Nature ,

Sa Sagesse est par tout sa regle & sa mesure.

Jamais sa volonté ne prévint ses projets ;

20   Elle suivit toûjours l'ordre de ses Decrets.

Or voions ce qu'a pû lui dicter sa Sagesse ,

Nous verrons de ses dons l'abondante largesse.

NOTES.

Redempteur & de la Grace. La conséquence est juste , mais il ne s'enfuit pas pour cela que Dieu distribuë ses Graces d'une façon purement arbitraire, comme M. R*** le prétend , quand il dit dans son Chant 4. Vers 89. 90. & 93. 94.

Il touche , il endurcit , il punit , il pardonne ,
Il éclaire , il aveugle , il condamne , il couronne.
Ce qu'il veut il l'ordonne ,
& son ordre suprême
N'a pour toute raison que sa volonté même
C'est cette conséquence que j'ataque ici.

Sorti des mains de Dieu, comblé de ses bienfaits,
L'Homme pouvoit joüir d'une éternelle paix.
25 Malheureux ! il pécha. Le céleste héritage
Cessa d'être aussi-tôt son glorieux partage.
Et nous d'Adam coupable enfans infortunez
A partager son sort nous fumes condamnez.
C'en est fait : Dieu pour nous n'est plus un tendre Pere ;
30 C'est un Juge terrible, armé de sa colere.
Respectons sa vengeance ; adorons son courroux ;
Et ne nous plaignons point en ressentant ses coups ;
Que dis-je ? tel étoit l'ordre de sa Justice ,
Que nous devions souffrir un éternel suplice.
35 Mais sa Misericorde à l'Arrêt s'oposa.
Qu'est-ce que sa Sagesse alors se proposa ?
De pardonner à l'Homme en expiant son crime.
Mais l'Homme vil néant, trop indigne Victime,
Ne trouvoit dans son fonds rien qui pût arrêter
40 La vengeance du Dieu qu'il venoit d'irriter.
Il faloit mettre tout dans l'égale balance ;
Choisir une Victime assortie à l'offense.
Le seul Verbe Eternel pouvoit nous acquiter ;
Lui seul en s'immolant pouvoit nous racheter.

45 Pontife souverain, il s'ofre en sacrifice ;

    Et devenu Victime, il nous devient propice,

    Ainsi de sacrez nœuds unirent à jamais

    Dans le sein du Seigneur la Justice & la Paix.

    Ainsi la Vérité de la terre sortie,

50 Toucha, du haut des Cieux, la Justice atendrie.

    Par le premier Adam l'Homme donc corrompu

    Vit de son heureux sort le cours interrompu.

    En proie à mille maux son ame criminelle,

    Devoit encor subir une peine éternelle.

55 Par le second Adam en grace rétabli,

    Son infidélité fut bien-tôt dans l'oubli.

    Le sang de l'Agneau pur expia son offense,

    Et d'un Dieu courroucé désarma la vengeance.

NOTES.

Vers 45. *Christus autem assistens Pontifex futurorum bonorum..... semetipsum obtulit immaculatum Deo.* Hebr. 9. & 14.

Vers 46. *Ipse est propitiatio pro peccatis nostris, non pro nostris autem tantùm, sed etiam pro totius mundi.* 1. Joan. 2. 2.

Vers 47. & suiv. *Misericordia & Veritas obviaverunt sibi : Justitia & pax osculata sunt. Veritas de terra orta est & Justitia de cælo prospexit.* Psal. 84. 11.

Vers 51. & suiv. *Sicut per unius delictum in omnes homines in condemnationem, sic & per unius justitiam in omnes homines in justificationem vitæ.* Rom. 5. 18.

Sicut in Adam omnes moriuntur, ita & in Christo omnes vivificabuntur. 1. Cor. 15. 22.

Oui,

Oui , par l'effusion de ce sang précieux,

60 Tout Mortel peut prétendre au Roïaume des Cieux.

Jesus-Chrît triomphant de la mort en déroute ,

A tous en général nous a fraïé la route ,

Qui peut heureusement nous conduire au salut.

Ce fut là de sa mort & l'objet & le but.

65 Où le péché fatal causa plus de ravage ,

Là sa Grace puissante abonda davantage.

Des célestes trésors les inéfables dons

Durent être apliquez aux méchans comme aux bons.

Autrement du salut le dessein magnifique

70 N'eût été qu'un projet frivole & chimérique.

En vain , me diroit-on , que Dieu veut me sauver,

Qu'à la Gloire je puis , si je veux , arriver :

De ma fragilité convaincu par moi-même ;

Sentant que je résiste à la Vertu que j'aime ;

75 Que sans cesse je suis vers le mal entraîné ;

Et d'ailleurs me voïant du Ciel abandonné ,

N O T E S.

Vers 61. *Victa triumphator necis.* Hymn. Paschæ.

Vers 65. *Ubi autem abundavit delictum , superabundavit gratia.* Rom. 5. 20.

Vers 73. *Ego autem carna-* *lis sum , venumdatus sub peccato. Quod enim operor , non intelligo. Non enim quod volo bonum , hoc ago : sed quod odi malum , illud facie.* Rom. 7. 14.

C

Je dirois qu'on me donne une efpérance vaine ;

Que mon travail feroit une inutile peine ;

Et que fi Jefus-Chrît expira fur la Croix,

80   Ce ne fut que pour ceux dont il avoit fait choix.

Horrib'e impiété ! Blafphême déteftable !

Conféquence pourtant éxacte & véritable.

J'aime donc beaucoup mieux ce fage arrangement,

Où la Miféricorde éclate à tout moment.

85   Là je vois, ô grand Dieu, tes Bontez inéfables

Répandre à pleines mains tes dons fur des Coupables.

Quand affis fur ce Trône où tu nous jugeras,

Ils verront de leur Dieu le redoutable bras,

Leurs cœurs feront faifis de fraieurs & de craintes.

90   Mais pourront-ils jamais former de juftes plaintes ?

Toi-même bien plûtôt jufque dans les Enfers

Tu les accableras de reproches amers.

Et déja je l'entens cette voix de tonnerre,

Qui remplira d'éfroi les Cieux comme la terre.

NOTES.

<table>
<tr><td>

Vers 93. *Cùm vix parvam stillam fermonis ejus audierimus, quis poterit tonitruum magnitudinis illius intueri?* Job. 26. 14.

</td><td>

Vers 94. *Obftupefcite cæli super hoc, & porta ejus defolamini vehementer, dicit Dominus.* Jerem. 2. 12.

</td></tr>
</table>

95   Peuple ingrat & perfide, infidelle à ma Loi ;

De tes propres malheurs il faut t'en prendre à toi :

Leur diras-tu, Seigneur. Tu faisois mes délices ;

Aujourd'hui je te livre à d'éternels suplices :

Ai-je tort ? Ah ! cent fois te peignant la Vertu ;

100 J'ai voulu relever ton courage abatu.

Je t'ai representé sa douceur & ses charmes ;

Et combien les plaisirs pouvoient coûter de larmes

Cent fois je t'ai fait voir le faux & le néant

De ce monde imposteur que tu chérissois tant.

105 Dans tes désordres même une voix salutaire

S'élevoit contre toi. Mais tu la faisois taire.

Que de saïnts mouvemens ! Que de pieux desirs

Ont souvent traversé tes plus tendres plaisirs !

Ma Grace te pressoit : tu t'y rendois rebelle.

110 Toûjours nouveaux délais ; résistance nouvelle.

Pour toi ce que j'ai pû, ne l'ai-je donc pas fait ?

Ingrat, ton Dieu doit être aujourd'hui satisfait.

N O T E S.

Vers 96. *Perditio tua If-*
raël : tantummodò in me au-
xilium tuum. Osée 13. 6.

  Vers 97. *Delicia mea , esse*
cum filiis hominum. Prov. 8.
31.

Vers 109. *Quoties volui....*
& noluisti Matth. 23. 37.

  Vers 111. *Quid est quod de-*
bui ultrà facere vinea mea,
& non feci ei ? Isai. 5. 4.

Parleroit-il ainſi dans ce jour des Vengeances,

Si nous ne l'avions-pas aigri par nos offenſes?

115 Et jamais à ſes yeux ferions-nous criminels,

De ſon juſte courroux les objets éternels,

Si, portez vers le mal, nôtre penchant funeſte

N'eût été balancé par le ſecours céleſte?

R *** réponds moi. Mais par tes détours vains,

120 Ne crois pas éluder des principes certains.

Tu prétens qu'Iſraël eſt cauſe de ſa perte.

La Grace lui fut donc à tout inſtant offerte.

Comment le peux-tu dire? Il ſe feroit ſauvé

Si du ſecours du Ciel il n'eut été privé.

125 ,, La Grace doit toûjours remporter la Victoire:

,, De triompher de nous elle eut toûjours la gloire.

,, L'Homme peut quelquefois retarder ſon effet:

N O T E S.

Vers 121. Voiez M. R *** Chant 4. Vers 168. Je prétens que dans ſes principes il ne peut pas imputer à Iſraël la cauſe de ſa perte. Car la Grace, ſelon lui, produiſant toûjours ſon effet, il faut qu'Iſraël ne l'ait pas euë, puiſqu'il ne s'eſt pas ſauvé. Autrement il ſe feroit rendu fidelle à la Loi, & l'auroit exactement obſervée.

Vers 125. Je raporte ici la doctrine de M. R *** on en jugera par ſes propres termes, voiez le Chant 2. Vers 179.
Il eſt vrai qu'auſſi-tôt qu'elle ſe fait entendre,
Un infaillible aveu ſe hâte de s'y rendre.
Vers 127. C'eſt encore là ſa doctrine. Voiez ſon Chant 3. depuis le Vers 17. juſqu'au 34.

» Mais toûjours à la fin il ploie, il se soûmet.

Je parle d'après toi : reconnois-le, R * * *

130   Si je change tes Vers, j'expose ta doctrine.

En vain donc Israël se plaindroit de son sort.

Il faut qu'il soit puni, quoiqu'il n'ait aucun tort.

Des graces de son Dieu dépourvû sans ressource,

N'importe ; vers le Ciel que n'a-t-il pris sa course.

135   La Loi, la sainte Loi devoit guider ses pas :

Que ne la suivoit-il ? Il ne le pouvoit pas !

Mais au moins devoit-il, » craindre ce Dieu terri-
   » ble,

» Chérir ce tendre Pere à ses malheurs sensible ;

» Sans peine devant lui soûmettant son esprit,

140   » Croire ses Véritez, faire ce qu'il prescrit.

Y pensois-tu R * * * en parlant de la sorte ?

De l'Homme voilà donc la Liberté bien forte ?

N O T E S.

Vers 137. Je cite ici pres-que les propres termes de M. R * * * On les lira dans son 4. Chant, à commencer au Vers 297.

Vers 142. Si Israël n'avoit pas la Grace, ainsi que nous l'avons supofé dans les principes de M. R * * * il ne pou-pouvoit donc pas *craindre ce Dieu terrible, chérir ce ten-* dre Pere. Si M. R * * * cependant éxige de lui cet a-mour & cette crainte, nous avons donc lieu de supofer encore qu'il prétend que l'on puisse aimer & craindre Dieu sans la Grace ; ce qui seroit un Pelagianisme afreux. Ainsi la conséquence que je tire au Vers 145. est juste.

Dans ton plan général la Grace faifoit tout.

Et de foi-même enfin l'Homme au bien fe réfout.

145   Telle eft l'illufion de l'Erreur téméraire.

Elle rend nôtre efprit à lui-même contraire ;

Et feignant de vouloir nous fauver d'un écueil,

Elle-même nous jouë, & confond nôtre orgueil.

Vers 146. Mentita eft iniquitas fibi. Pfal. 26. 12.

III. EPITRE.

Sainte Vérité ! qu'en marchant dans ta voie,

L'Ame fidelle sent de douceur & de joie !

Elle va d'un pas ferme où la Foi la conduit ;

Et toûjours elle atteint l'objet qu'elle poursuit.

5 Des Misteres profonds, sa Raison éclairée

Révére avec plaisir, l'obscurité sacrée.

NOTES.

Une des principales raisons qui déterminent M. R * * * à s'élever contre le Sistême de la Grace suffisante, c'est que la Raison le conçoit. Voici comme il s'explique Chant 3. Vers 132.

Ne détestons pas moins ce dangereux Sistême.
Si le cœur orgueilleux aisé-
ment le reçoit,
Plus aisément encor la Rai-
son le conçoit.

Or j'ai crû que je dévois commencer par détruire ce faux préjugé, qu'il n'est pas permis, en suposant même les Véritez de la Foi, de jus-tifier la Sagesse de Dieu dans l'éxécution de ses desseins. Je le fais donc par un principe de saint Augustin. Consentius lui avoit écrit comme à un homme dont l'esprit pénétroit les plus hauts Misteres, *Sen-sû altissima Mysteria perscru-tantem,* (Ep. 121) pour le prier de lui éclaircir quelques dif-

Mais fans quitter jamais le fentier de la Foi,

Elle ofe s'élever, grand Dieu, jufques à toi.

Creufant dans tes defleins, pénétrant dans tes vûës,

10　Elle en voit les raifons à l'Erreur inconnuës.

Oüi, dans ce que la Foi m'oblige à refpecter,

J'en perce les motifs, fi je fçais méditer.

Ma Raifon acquerrant une clarté nouvelle,

Fixe encor mon efprit & le rend plus fidelle.

15　R *** oferois-tu condamner Auguftin ?

C'eft de lui que je tiens ce principe certain.

Suivons-donc de la Foi l'éxacte Analogie ;

Des divins Attributs contemplons l'Harmonie.

N O T E S.

ficultez qu'il avoit fur le Miftere de la Trinité. Confentius cependant croioit qu'il n'étoit pas permis de chercher les raifons de nos Mifteres, & qu'il falloit fimplement s'en tenir à la Foi : *Ego igitur*, difoit Confentius, *cùm apud memetipfum prorsùs definierim Veritatem rei divinæ ex Fide, magis quàm ex ratione, percipi oportere.... Non tam ratio requirenda de Deo, quàm auctoritas eft fequenda fanctorum.* S. Auguftin lui répond d'un ton ferme:

(Ep. 122.) *Corrige definitionem tuam, non ut fidem refpuas, fed ut ea quæ fidei firmitate jam tenes, etiam rationis luce confpicias.* Il en rend la raifon : *Abfit namque ut hoc in nobis Deus oderit, in quo nos reliquis animantibus excellentiores creavit. Abfit, inquam, ut ideò credamus, ne rationem accipiamus five quaramus ; cùm etiam credere non poffemus, nifi rationales animas haberemus.*

Je

Je reconnois en Dieu son pouvoir souverain.

20 Je confesse qu'il tient tous les cœurs dans sa main:

Je sçais que sa bonté répond à sa Justice ;

Qu'étant sage il ne peut se livrer au caprice.

Or dès-là je comprens qu'un suplice éternel

Put être préparé pour l'Homme criminel.

25 Mais aussi je comprens que jamais l'innocence

Ne dut être exposée aux traits de la vengeance ;

Que lorsque Dieu tiendra la balance en ses mains

Pour peser nos forfaits, ou les Vertus des Saints ,

Il nous jugera tous au poids du Sanctuaire :

30 De ses œuvres chacun obtiendra le salaire.

Abraham dans son sein recevra les Elûs.

Pécheurs, vous formerez des regrets superflus :

Il sera loin de vous, ce tems si favorable

Où vous pouviez fléchir ce Juge redoutable.

35 Il fut doux, patient ; mais vous l'avez lassé ;

L'Arrêt de vôtre mort sera donc prononcé.

N O T E S.

Vers 25. *Non privabit bo-*
nis eos qui ambulant in in-
nocentiâ. Psal. 83. 13.

Vers 29. *Pondus & state-*
ra judicia Domini sunt. Prov.
16. 11.

Vers 30. *Reddet unicuique*
secundum opera ejus. Rom.
2. 6.

Vers 33. *Tempus non erit*
amplius. Apoc. 10. 7.

D

Pourquoi cette rigueur ? Ah ! c'est que la Justice

Doit enfin succéder à la Bonté propice ;

Et que Dieu nous aiant de sa Grace assistez,

40　Il a droit de punir nos infidélitez.

　　Oüi, tant que nous vivons dans ce lieu de misere,

Nous pouvons détourner les traits de sa colere.

Le céleste secours sans cesse nous prévient ;

Et ferme à nos côtez, sans cesse il nous soûtient.

45　Combattons vaillamment ; n'allons point en arriere,

Nous serons couronnez au bout de la carriere.

Dieu n'abandonne point les hommes courageux ;

Ils ont déja ploié, quand Dieu s'éloigne d'eux.

Pierre paroît d'abord d'un courage intrépide :

50　A la voix d'une femme il tremble, il est timide !

NOTES.

Vers. 37. *Vocavi & renuistis. Extendi manum meam, & non fuit qui aspiceret Despexistis omne consilium meum, & increpationes meas neglexistis Ego quoque in interitu vestrò ridebo, & subsannabò, cùm vobis id, quod timebatis, advenerit.* Prov. 1.24.

Vers 43. *Misericordia ejus præveniet me.* Psal. 58. 11.

Vers 44. *Misericordia tua subsequetur me omnibus diebus vitæ meæ.* Psal. 22. 6.

Vers. 45. *Esto fidelis usque ad mortem, & dabo tibi coronam vitæ.* Apoc. 2. 10.

Vers 47. *Deus namque suâ gratiâ semel justificatos non deserit, nisi ab eis priùs deseratur.* Conc. Trident. sess. 6. de justific. cap. 11.

C'eſt la punition de ſa témérité :

Sur ſa propre vertu Pierre avoit trop comté.

David eſt à ſon peuple un ſujet de ſcandale :

Son indiſcrétion fit ſa chûte fatale.

55 En un mot nul Pécheur qui ne doive ſentir,

Pour peu qu'il ſoit touché d'un tendre repentir,

Que, ſi ſes paſſions l'ont conduit dans l'abîme,

Il pouvoit cependant ſe garentir du crime.

Soions donc à la Grace atachez & ſoûmis ;

60 Elle nous défendra contre nos Ennemis.

Nôtre fidélité faiſant nôtre mérite,

Dieu permet que ſon don croiſſe en nous & profite.

NOTES.

Vers 51. *Dixerat* (Petrus) *quippe in abundantiâ ſuâ, animam meam pro te ponam, ſibi feſtinando tribuens quod ei fuerat à Domino poſteà largiendum ; avertit ab illo faciem Dominus.* S. Aug. lib. de corrept. & gratiâ, cap. 9.

Vers 55. La Grace eſt toûjours ſi préſente aux Juſtes qui tombent, qu'ils ne tombent que par leur pure faute, ſans qu'il leur manque rien pour pouvoir perſevérer, dit ſon E. M. le Cardinal de Noailles, dans ſes Explications ſur la Bulle *Unigenitus,* page 24.

Vers 61. Saint Auguſtin en expliquant ces paroles de l'Apôtre, *Repoſita eſt mihi corona juſtitia,* s'adreſſe à l'Apôtre, & lui dit : *Corona tibi ab ipſo eſt : Opus autem abs te eſt, ſed nonniſi ipſo adjuvante.* S. Auguſt. ſerm. 333. cap. 1.

S. Proſper, Diſciple de ce ſaint Docteur, s'explique auſſi nettement que lui, & dit que le Juſte en coopérant librement à la Grace, mérite & l'augmentation de la Grace, & la Vie éternelle. Voici ſes

Ainſi nous marcherons de Vertus en Vertus,

Et nous ne ſerons point ſous le Vice abatus.

65   Mais auſſi gardons-nous du moindre précipice.

On eſt bien-tôt perdu, quand on ſe prête au vice.

Le Dieu, que nous ſervons, eſt rempli de bonté.

Mais ſi nous abuſons de nôtre liberté;

Et que nous préférions aux voluptez céleſtes,

70 De ce Monde enchanteur les plaſirs trop funeſtes;

Alors de ſa Sageſſe écoutant les conſeils,

Dieu ceſſe d'expoſer à des mépris pareils

Ses dons ſi précieux, ſes biens inceſtimables.

Par-là nous devenons malheureux & coupables:

75 Malheureux; de trouver plus d'obſtacle au ſalut;

Coupables; puiſqu'en nous le plaiſir prévalut.

Objec-
tion.   Eh! comment! Vous voulez, ainſi qu'en mon

       Siſtéme,

NOTES.

paroles: *Juſtificatus homo...* *nullo præcedente merito acci-pit donum, quo dono acqui-rat & meritum; ut quod in illo inchoatum eſt per gra-tiam Chriſti, etiam per in-duſtriam liberi augeatur ar-bitrii; nunquam remoto ad-jutorio Dei.* S. Proſp Reſp. ad Capit. Gall Reſp. ad ob-ject. 6.

Le Concile de Trente dit anatême à ceux qui penſent le contraire. *Vid. Conc. ſeſſ.* 6. *can.* 32.

Voiez les Explications ſur la Bulle *Unigenitus,* pag. 32.

Vers 63. *Etenim benedic-tionem dabit legiſlator; ibunt de Virtute in Virtutem.* Pſal. 83. 8.

Que le Ciel abandonne un Pécheur à lui-même,

Me diras-tu, R*** Or nous sommes d'accord.

80 Si vous me condamnez, tant pis ; vous avez tort.

Réponse Doucement. Diſtinguons les Graces générales,

Des Graces qu'en l'Ecole on nomme ſpéciales.

Diſtinguons ces ſecours qui donnent le pouvoir,

Sans que la volonté ſe range à ſon devoir,

85 De ces ſecours puiſſants qui toûjours déterminent,

Et détruiſent en nous les Vices qui dominent.

Or quand je dis que Dieu nous prive de ſes dons

A meſure qu'il voit que nous nous écartons ;

Je parle uniquement de ces graces puiſſantes,

90 Qui par leurs doux atraits deviennent opérantes :

De ces feux pénétrans qui rempliſſant nos cœurs,

Nous donnent pour le Ciel de ſi vives ardeurs.

Ces Graces ſont pour ceux qui ſe rendent fidelles.

Et ſi Dieu quelquefois les diſpenſe aux rebelles,

95 C'eſt pour faire éclater ſa puiſſance à nos yeux ;

Montrer que ſa Bonté s'étend juſques aux Cieux.

Bonté, dont toutefois les excès favorables

NOTES.

Vers 96. *Quoniam magni-ficata eſt uſque ad Cœlos miſericordia ſua.* Pſal. 56. 11.

Rendent encor ce Dieu propice aux plus coupables.

Non, nos iniquitez ne le laſſent jamais.

100 S'il doit au Jour Vengeur châtier nos forfaits,

Il aura dans le tems épuiſé ſa tendreſſe.

C'eſt l'ordre qu'établit ſa ſuprême Sageſſe.

Il ne veut nous punir qu'après que ſa Bonté

Aura de toutes parts envers nous éclaté.

105 Et l'Impie, auſſi-bien que l'Ame pénitente,

Eprouve de ſes dóns la richeſſe abondante.

Object. Quoi ! l'Homme vicieux aura les mêmes droits

Que le Juſte, fidelle obſervateur des Loix !

N O T E S.

Vers 99. J'ai dit au Vers 35. de cette Epître,

Il fut doux , patient ; mais vous l'avez laſſé.

Ce qui ſemble contredire ce que je dis ici. Mais c'eſt que je conſidére le Pécheur dans deux tems differens ; dans le cours de ſa vie , & dans le moment que Dieu le juge. Dans le Vers 35. je conſidere le Pécheur dans le dernier état ; ma propoſition alors eſt véritable, parce qu'elle regarde le tems où la Juſtice de Dieu doit éclater. Et comme cette vie eſt toûjours le tems des Miſéricordes, le ſens de ce Vers 99. eſt juſte auſſi.

Vers 105. *Qui ſolem ſuum oriri facit ſuper bonos & malos , & pluit ſuper juſtos & injuſtos.* Matth. 5 45.

Vers 107. & ſuiv. C'eſt en abregé une des objections que fait M. R * * * contre le Siftême de la Grace ſuffiſante, depuis le Vers 145. juſqu'au Vers 205. de ſon troiſiéme Chant. Je croi même qu'il me ſaura bon gré d'avoir propoſé ici cette objection avec plus de force qu'il ne l'a fait.

Quelle que soit sa vie, & quelque mal qu'il fasse,

110   Il ne laissera pas de comter sur la Grace !

Des principes pareils vont à perdre les mœurs ;

Et doivent révolter les moins zélez censeurs.

Un Esprit libertin, fondé sur ces Maximes,

Sans renoncer au Ciel, fera les plus grands crimes.

115   Frivole objection ! Téméraire discours !
Réponse

Ai-je dit qu'un Pécheur pouvoit comter toûjours

Sur ces secours puissants, dont l'éfet infaillible

Est de rendre le cœur obéissant, fléxible ?

Du Pécheur, il est vrai, Dieu ne veut point la mort ;

120   Et sa Bonté sensible à son malheureux sort,

Le rappelle à toute heure, à toute heure l'invite

A sortir du limon où son ame s'agite.

Mais souvent à la voix de ce tendre Pasteur

Il résiste séduit par l'Esprit imposteur.

125   C'est que les passions par leur longue habitude

Réduisent à la fin une ame en servitude.

Or dans ce triste état le Pécheur doit périr,

Si le don le plus fort ne vient le secourir.

NOTES.

Vers 109. *Nolo mortem im-* *tur à viâ suâ, & vivat.*
pii, sed ut impius converta- Ezech. 33. 11.

Mais malgré son orgueil l'Homme doit reconnoître

130   Que des célestes Dons il ne fut pas le Maître.

Il doit avec fraieur opérer son salut,

S'il veut heureusement arriver jusqu'au but.

Il doit mettre à profit les momens favorables,

Où de la Grace il sent les douceurs délectables.

135   Dieu frape à chaque instant à la porte du cœur :

Ouvrons-lui sans tarder ; courrons avec ardeur.

Dans nos empressemens il met sa complaisance,

Rien ne l'irrite plus que nôtre nonchalance.

Il mesure ses dons sur nôtre activité :

NOTES.

Vers 130. Je parle dans ce Vers de la Grace prévenante. Car comme elle est la source & le principe de toutes nos bonnes œuvres, nous ne pouvons jamais la mériter. Autrement, comme le dit saint Paul, elle ne seroit plus Grace. *Si autem Gratia, jam non ex operibus : alioquin Gratia jam non est Gratia.* Rom. 11. 6.

Non est volentis, neque currentis ; sed Dei miserentis. Rom. 9. 6.

Vers 131. *Cum metu & tremore vestram salutem operamini.* Philipp. 2. 12.

Vers 135. *Ecce sto ad os-tium, & pulso : si quis audierit vocem meam, & aperuerit mihi januam, intrabo ad illum.* Apoc. 3. 20.

Vers 136. *Cur dictum est.* 1. Joan. 4. *Diligamus invicem quia dilectio ex Deo est.? Nisi quia præcepto admonitum est liberum arbitrium ut quæreret Dei donum ? Quod quidem sine suo fructu prorsus admoneretur, nisi priùs acciperet aliquid dilectionis, ut addi sibi quæreret undè quod jubebatur, impleret* S. Aug. de Gratia & Libero Arbitrio, cap. 18.

Vers 139 Ce Vers doit s'entendre des secondes Graces.

Craignons

140 Craignons d'être punis de nôtre lâcheté.

Ses bienfaits répandus avec moins d'abondance,

Laisseroient plus de force à la Concupiscence ;

Et nôtre cœur fragile entraîné par ce poids,

Bien-tôt de son Sauveur n'entendroit plus la voix.

145   Je me rends : Et je veux que toutes vos maximes

Object. N'autorisent en rien la licence des crimes.

Poursuivras-tu, R *** Au moins je ne vois pas

Qu'un Pécheur pour le Ciel puisse faire aucun pas,

Dieu ne lui donne plus ces Graces opérantes ,

150 Qui seules sont pourtant pleinement suffisantes.

Il ne goûtera donc que les plaisirs des sens ;

Dans l'indigne mollesse il coulera ses ans ,

Sans pouvoir s'élever vers cet objet aimable ,

A qui rien de créé ne put être semblable.

155   Vous-même ainsi chargé de vos reproches vains,

Vous adoptez enfin mes principes certains.

Réponse   Que ma langue plûtôt à mon palais s'atache,

Qu'on puisse m'imputer une pareille tache.

A l'Eglise soûmis , avec elle je croi

NOTES.

Vers 154. *Domine non est   mea faucibus necis.* Psal. 138
qui similis sit tibi. Psal. 39. 6.   Vers 159. *Si quis dixerit*
Vers 157. *Adhæreat lingua   Dei præcepta homini etiam*

160 Que rien n'est impossible à l'Homme dans la Loi.

Dieu lui refusa-t-il tout secours efficace :

Oüi, l'Homme peut toûjours ce que Dieu veut qu'il

   fasse.

Dieu fait de son côté. Qu'il agisse du sien :

Il saura par dégrez arriver au vrai Bien.

165 Qu'il s'arme de la Foi : muni de l'Espérance,

Qu'il demande ; qu'il prie avec persévérance :

Des bienfaits du Seigneur il se verra comblé ;

Et bien-tôt de ses fers n'étant plus accablé,

Tel que l'agile Cerf lorqu'il cherche une eau pure,

170 Son cœur recherchera la céleste pâture.

Ainsi fortifié, des assauts de Satan,

Il sortira Vainqueur. Que dis-tu de ce plan ?

NOTES.

justificato & sub gratiâ con-stituto , esse ad observan-dum impossibilia , anathema sit. Conc. Triden sess. 6. de justif. cap. 11 & can. 8.

Vers 161. & suiv. Anathê-me avec l'Eglise à quiconque enseigne que les Commande-mens de Dieu sont impossibles aux Justes, à qui la Grace efficace n'est pas accordée. Voiez les Explications sur la Bulle *Unigenitus*, page 31.

Vers 165. *Sumentes scutum fidei.... & galeam salutis absumite.... per omnem ora-tionem & obsecrationem orantes omni tempore in spi-ritu* Ephes. 6. 14. & 16.

Vers 169. *Quemadmodum desiderat cervus ad fontes aquarum : ita desiderat ani-ma mea ad te Deus.* Psal. 41. 1.

Je ne fais pas ici, R*** un Dieu bizarre ;
Prodigue fans raifon, & fans raifon avare.
175 Je le peins tel qu'il eft ce D'eu de Majefté,
Refufant par juftice ; accordant par bonté.
Il paroît à nos yeux dans fa fplendeur augufte.
Par tout on le voit bon ; par tout on le voit jufte.

FIN.

fera enfuite remis deux Exemplaires dans notre Bibliotheque publique ; un dans celle de notre Château du Louvre, & un dans celle de notre très-cher & féal Chevalier Garde des Sceaux de France le Sieur Fleuriau d'Armenonville, Commandeur de nos Ordres, le tout à peine de nullité des Prefentes : Du contenu defquelles vous Mandons & enjoignons de faire joüir ledit fieur Expofant ou fes ayans caufe, pleinement & paifiblement, fans fouffrir qu'il leur foit fait aucun trouble ou empêchement : Voulons qu'à la copie defdites Prefentes qui fera imprimée tout au long au commencement ou à la fin dudit Livre, foy foit ajoûtée comme à l'Original Commandons au premier notre Huiffier ou Sergent de faire pour l'execution d'icelles, tous actes requis & néceffaires, fans demander autre permiffion, & nonobftant clameur de Haro, Charte Normande, & Lettres à ce contraires. Car tel eft notre plaifir. Donné à Paris le 13. jour du mois d'Avril l'an de grace mil fept cens vingt-quatre, & de notre Regne le neuf. Par le Roy en fon Confeil.

CARPOT.

J'ai cedé la Permiffion contenue ci-deffus à Madame la Veuve Garnier, & à M. Chardon fon fils, Imprimeurs & Libraires, fuivant l'accord fait entre nous. A Paris ce 24. Avril 1724.

Regiftré enfemble la Ceffion, fur le Regiftre V. de la Chambre Royale des Imprimeurs & Libraires de Paris, N° 819. fol. 508. conformément aux anciens Reglemens, confirmez par celui du 28. Fevrier 1723. A Paris le 28 Avril 1724.
BALLARD, Syndic.

9 782019 990480